因为理想

首部微信朋友圈诗集

李　响　著

中国三峡出版传媒
中国三峡出版社

图书在版编目（CIP）数据

因为理想：首部微信朋友圈诗集 / 李响著. --北京：中国三峡出版社，2018. 1
ISBN 978－7－5206－0029－3

Ⅰ. ①因… Ⅱ. ①李… Ⅲ. ①诗集-中国-当代
Ⅳ. ①I227

中国版本图书馆 CIP 数据核字（2017）第 330473 号

责任编辑： 赵静蕊

中国三峡出版社出版发行
（北京市西城区西廊下胡同 51 号　　100034）
电话：（010）57082645　57082655
http：//www. zgsxcbs. cn
E－mail：sanxiaz@ sina . com

北京环球画中画印刷有限公司印刷　新华书店经销
2018 年 1 月第 1 版　2018 年 1 月第 1 次印刷
开本：880 × 1230 毫米　1/32　印张：5. 5
字数：156 千字
ISBN 978－7－5206－0029－3　定价：48. 00 元

写在前面的话

中国是个最富诗意的国度，几千年来，从风雅颂到古乐府，从唐诗宋词到元曲和明清小品，从徐志摩到北岛和海子，一路走来，诗脉连绵。虽形式不同，却各有各的意味和境界。行到曲径通幽处，禅房各有各的深。

相对而言，我是不大喜欢被格式所约束的诗歌，杜甫的七律虽然精致，但不及将进酒般洋洋洒洒，俳句和十四行诗也各有经典，但不及泰戈尔和波德莱尔那样亦幻亦真。其实，只要把作者的思想和情怀注入到字里行间，稍加以雕琢和美化，便可以称得上是诗了。如果非要给诗人和诗歌强加以形式上的定义的话，那么我就不是一个诗人，这本书也并不是什么诗集，不过是一个文艺青年的一本晦涩日记而已。如果要让我来重新定义的话，每一个人都是诗人，只要有诗性，是人。

至于写诗，前三十年我几乎从未尝试过，就好比近几年突然喜欢上了看书、骑车，以及西班牙火腿。为此还是该由衷地感谢微信这东西，因为我所有的诗歌都是在发朋友圈时写出来的。

你若读了我的诗，先感谢对我的尊重。若看懂了，我对你会心一笑，若看不大懂，那也算是正常。解读的方式不同，一样都在品味。我只愿将诗歌作为纽带，把我们内心的孤独与幸福统统揉捏在一起，哪怕只是片刻，至少在你的眼中浮现了另一个人的世界。

那么，这便是我出这本诗集的初衷，正如我朋友圈每一次创作悸动时享受的快感一般。且不论何者为我，也不妄诸相非相，只因这一切过程，皆是美好。

最后，感谢微信，感谢三峡出版社的领导以及我的助理木子珊。感谢我的家人，感谢我朋友圈里给我的诗点赞或者没点过赞的人。感谢我的108首诗，你们就是我的孩子，把我曾有的情怀和感触，伴着你们脸上的欢笑和泪水，一并留存和分享，给每一个我天涯的比邻。

李响　2017年10月20日　北京

序

「秋树——写给那些爱看书和求知的朋友」

如果看到这样一棵秋天的树，在路旁，在窗外，或者在偶然被遗忘的角落里，很多人可以漠然无视，要不就是莫名的悲切与惆怅，亦或等到天黑时借地儿释放一下酒后的水样残余。

可是，对爱看书和求知的人们来说，它似乎就多了太多别样的滋味和感触：

这棵秋天的树，看那儿！

你可以把它融入卢梭画境的梦幻，或者是毕加索另类的立体构成；

你可以把风姿的它比作少妇的小步舞蹈，或者德彪西交响乐里变化不定的和弦节奏；

你可以在树下试想牛顿的万有引力，或者在风中回忆起大学时最惧怕的流体力学；

你可以去拾片落叶，看看他是能用来清肺还是补脾，当然也可以悲观地比成新陈代谢中灌木般的自己；

你可以把它分割成黄金的比例，用三分之一的视角当作相机把它拍印在脑海，或者幻想成自己的戏剧脚本，“树下一对暮年老人故地重逢，可惜他们已有各自的家庭，只是昔日阔别的无奈恋侣”；

你可以骤然兴奋，写下李白体的诗文，或者把自己伤感的情怀释放出来，像泰戈尔一样去追寻心旅；

你可以树下莲座，冥想，体味柏拉图的理想之美，或者薄枷梵歌中展伸无限的手臂；

你可以喝点时令的肉桂青茶，照见于孔丘爷爷的一叶知秋，或者老聃太爷爷的道法自然；

你可以叩问自己的事业，明天是雪莱的冬天，你要像腊梅般依然傲骨？或者是干将莫邪的十年，你要像蜕变前的春蚕一样蛰伏沉淀？

你当然还可以土豪般地高喊：“啊，tree，我要拥抱你！明年你就会长出 new 叶，开出花朵引来成群的 bee 儿，啊！”由此你可以肆意的去 tree new bee（吹牛逼），或者如我一般在身边的人和新媒体上抖抖身上的文骚。

如果你真有胆识和志向，那么为何不冲出门院，找棵树去看看？然后回到屋里，桌前，拿起一本书来品品瞻瞻，感受一下下午茶时，精神土豪本该享有的求知生活，妊娠和酝酿出比这秋树还伟大的人生绽放之旅，多少给身边的人甚至整个世界留下更多绚烂美好的东西？

当然。

李响　2013 年 11 月 15 日　秋

目　录

醒与醉，不过一念间

——不知我心，以为醉话梦呓；若知我心，以为醒世箴言

感时咏，也可称诗人
——风景时事皆如人，不是深情便是辜负

旧年事，心头陌上花

虽短暂，已是意象中的永恒——回忆是昨日埋下的种子，终会开出永不凋谢的花朵

一斛酒，足以慰风尘
——仗剑携酒，浅酌低吟，并非在梦中

醒与醉，不过一念间

——

不知我心，

以为醉话梦呓；

若知我心，

以为醒世箴言

1. 因为理想

温婉的
月光闯出朦胧
少年般挥洒着粼粼波光
我窥见了
树影印出它皎洁般的存在
因为，理想

从容的
天鹅折断了翅膀
孤独跌落在结冻的湖上
我窥见了
余温融化了她缚锁的冰雪
因为，理想

依旧的
骏马高昂着头颅
似火地耀出鬃发的飘靓
我窥见了
奔跑中他涌出全部的生命
因为，理想

欢悦的
我固守在艺术的河床
泼满腔热血画一条坦途
谁窥见了

我们把剩下的心房献给您
因为，理想

看那
这条理想之旅
它已经装好了行囊
从这条地狱旁的枯河中拔起
引您一路远航
引向那温婉的、从容的、依旧的
欢悦的——
我们的天堂！

因为，我窥见了，理想

2014. 01. 04

2. 你是否爱上过一个城市

你是否曾爱上过一个城市?
那间小屋，那些人儿，那条马路
离开时分，毫无顿觉
多年以后，倍感亲切

你是否曾爱上过一个城市?
让你追逐，让你痛哭，让你迷失
酣醉时分，娇柔惬意
梦醒以后，素颜裸体

你是否曾爱上过一个城市?
无论干燥热，无论风霜，无论潮湿
午夜时分，满怀理想
早餐以后，又在路上

我曾经爱上过一个城市
记忆里她已越渐模糊
没有波澜与壮阔　只是片刻和点滴
人似乎越走越远
而她，却一沉默地在那里趴伏
看繁花碧落，度人间世故

我总想回去看看
她一直就在那里静候
可直至如今

我却是总没能找到重逢的理由
如果你也曾爱上过一个城市
那么，只把她的名字含在舌尖
轻轻一笑，应会很甜

2015. 08. 18

3. 我要做一个有情怀的男子

从今天开始
我要做一个有情怀的男子
早春二月
搭起灶火，熬上一锅很努力的热汤
三月乍暖
种下理想的豆子，满怀子房一般的殷切
人间四月
我萌发爱情的斗拱
挺拔坚韧，人间天上
五月是红色的
历史在荏苒中蔓延，浪漫青春却亘古不变
六月太忙了
数不尽的日月星辰，理不清的纷繁是非
七月是闷骚的巨蟹
在每一寸我的国度里纵马天涯，不醉不还
八月没有直觉
热情之余，根本找不到夏与秋的区别
九月就是个忧郁的娃娃
雨下得越大，思乡的惆怅怎么越是绵长
十月是你的生日，我的祖国
我为你同仇敌忾，白鸽为你引吭歌唱
十一月在须臾之间
要么舞动丰收喜悦，要么长叹人生苦短
十二月，开始向末日倒数
尾号单数驰骋柴骨，尾号双数藏匿落叶

一月，永远来的不知不觉
我真的不忍面对，这冷酷岁月的道法自然
只是梦里，还依稀记得
年初，早春，我为自己熬了热汤……
灶火尽了，囫囵吞下整碗
借着车厢尽头浮现的阖家欢乐
我，发誓要做一个有情怀的男子
并且，从今天开始

2016. 01. 29

4. 留白

这世界太多纷繁
我只想多留点白
在纸上画一座山
剩下的都是海
在纸上画一只鹰
剩下的都是天
在纸上画一张笑脸
剩下的都是我的孤独
在纸上画一个你
剩下的都是我的思念

2017. 04. 06

5. 我爱我的每一寸肌肤

我爱我的每一寸肌肤
从额头到脚趾
从海角到天涯
这是只属于自己的国土
随意翻滚，策马奔腾
我每天都把它们精心地擦洗
为了感激上天的恩赐
更为了时刻迎接深爱的你
……
我爱我的每一块筋骨
它们有无穷的力量将我撑起
在东北耕种理想
在西北弹琴歌唱
在南方潜水或喝茶
在东边迎接每轮崭新的太阳
双腿迈开了时间对我的束缚
从生长跨过死亡
……
妈妈在分娩的那一瞬间
就用最撕心裂肺的言语告诫我说
头颅是用来昂扬的
肩膀是用来担当的
胸怀是用来彰显宽广的
肚腹是用来装满坦荡的
……

每天每夜
心肝脾肺肾，舌眼口鼻耳
每时每刻陪我感受世间万物
探寻一切的未知，创造所有的新奇
若还有一寸光阴
我都该好好地爱每一寸肌肤
爱每一个你们
呼吸之间
去畅想生命的意义
在头与脚的距离之内
这，就是一片无尽的天地

2015. 12. 15

6. 沙子

我是一粒不会莞尔一笑的沙子
每当潮起潮落的时候
我只会把看到的月光都映给你
在你的目光里
我莞尔地披上了银色的外衣

我是一粒不会趋炎附会的沙子
你何曾知道我的身世
别看那光溜倜傥的同族鹅卵
离开它的束缚
我依然在清流下附会着岩石母亲般的尊严

我是一粒不会苟延残喘的沙子
肆虐的狂风啊
你可以把我和千万个同胞吹到天涯
可你怎能阻拦
我终会等到那带我走向绿洲的残喘老马

我是一粒不会尸位素餐的沙子
既然自然孕育了我
请让我酣畅淋漓地笑吧
在时间长河里
我可以是奥林匹亚殿堂的柱脚
我也可以是喜马拉雅白雪敬护的山峦
我可以是马里亚纳海底沉睡的泥沼

我也可以是可可西里神圣敖包里耸起的青岩
只要还依稀的存在
我可以尽然素餐着灵魂里的每一盏冥顽

当然
无论怎样
我只是一粒孤独的沙子
你全然可以忽略我的身影
但谁也无法阻挡——
我灵魂世界里那些钻石般的永恒!

2014. 08. 21

7. 有关我行我素和将心比心的故事

记得那是孩提时代
我在山坡上种了两棵小树
一棵叫作我行我素
一棵唤作将心比心
我同样精心地呵护着它们
和我一起茁壮成长

星移斗转
我行我素长得越发高耸
将心比心变得逐渐粗壮
我骑在我行我素的枝头上极目远眺
我栖在将心比心的枝叶下避雨遮风

每当从攀山的途中失意折返
我都会对着我行我素唠叨一番
然后和将心比心坦诚地互诉衷肠
临走的时候照旧去安抚下我行我素
它总是予以回报地为我打气加油
或许因为它看得到更高的远方

等我老了
一定会下山来看望它们
看看我行我素是否还在拘着太阳
望望将心比心是否仍会供我乘凉
最后闭上双眼
带它们一起进入下一个幸福的梦乡

2015. 07. 16

8. 我若是水

我若是水
那，太难了
要像太平洋一样浩瀚
还是喷嚏里的那一滴？
我若是水
那太难了
是金刚经里的恒河
还是古兰经里的红海
是老聃的智者
还是耶稣的圣泉？

我若是水
那，我又是谁？
难道我化成了万物
润色出你眼里看到的世界？
难道我化成一颗永恒跳跃的心脏
向地狱喷洒着满腔的热血？
哦，如果让我分清哪些是水，
哪些是血，
那，太难了！

我若是水
那也不难
也许会开出一朵圣洁的莲花
一瓣送给鱼儿化作孤独的眼泪

一瓣送给草木恩泽蜻蜓的婚礼
一瓣送给彩虹点缀天空的绚美
一瓣送给菩萨让甘露化解万恶的纠葛
一瓣送给雪花喂饱撒哈拉饥饿的秃鹫
一瓣送给此刻在用心读我的你
因为我们都遇到了同一个人生的难题

我，若是水？
不增不减，只取一滴
黄泉路上，我只是一滴碗里的孟婆
我，若是水？
随酒入肠，只是一尿
羊水里面，我突兀着自诩艺术的青春

我，若是水？

2015. 09. 22

9. 爱情就是当雷峰塔梦见了伊甸园

缘分是指
无论何种境遇去延伸生活
我们都会在最终相遇
正如六亿分之一的精子一般
即是截然不同的人生
总会一样的起点和结局
或许在梦里
或许在人潮中不经意的一瞥
相爱的两个
其实在相互认识之前，早就见过了吧
怕什么呢
渴望爱情的人
无需压抑你自由的呼吸
心在奔腾，你就该去奔腾
找找丢在床底的钥匙
总有把一直在等你的铁锁
如果来春还有花开
那么夏娃和法海，谁说他们不能相爱？

2015. 01. 21

10. 候鸟

我是一只来往南北的候鸟
理想的翅膀划过万千朵云彩
在城市之间牵涉和漂泊
只为找寻一种适合自己的活法
哪怕时间久了
早已分不清哪里是故土
哪里是他乡
……
我曾羡慕喜鹊在家里为爱情搭桥
也曾向往鸽子在回家的路上高唱
我不如雄鹰那样天生的丰满和硬朗
所以我只能在变化无常的世界里
拼命寻找着属于自己的方向
……
风雨历练出成长的伤痕
沙尘掩埋了那些无知的幻想
乌鸦曾嘲笑我太累太傻
我送给它们彩虹般的笑脸
和早春的花香
……
飞着飞着
我带上了爱人，家人
结伴朋友和路人
地图上虽没有我的名字

可心路上画满了无限的风光
……
高铁挤满了坚韧
飞机净化了欲望
在南来北往的高速公路上
不能驻停，不准掉头
我们只能一路向前，一路昂扬

2015. 11. 21

11. 信仰中的我

既然命运早已注定让我或早或晚的
死去
那我就该
抛开命运的摆布
而去自主地活着
我走我的活路
你去死后等我吧
我所尊敬的
古兰经和玛利亚
孔爷佛陀和天师
您们只管公平地处理好我死后的事
而在这个世上
且让我酣畅淋漓地
去主宰我一生的自己吧！

2013. 08. 28

12. 我的，你的我

是啊，我就是我
一个茕茕孑立但依然是我，的我
别
不是杜鹃
别
也不是夜莺
是天边的彩虹
润湿了末世的亡灵
却
苟且被叫做苍穹

新时代就是胡杨下的蛋黄
酸的你不像你，也不像我
新世界就是村委会的罗帐
或喜，或丧
假如清醒的甲，曾揭露猥琐朦胧的乙
你说
是甲太孤立还是乙很绵薄？
你的甲
是看着我的诗的你
却总不知是谁的甲
你的乙
是在我们的诗中载歌载舞
却找不到车站回家的乙
或者

是禁不起真情饬打的货币

但是
苍蝇就着渍血的馒头
白牛二喝出了骨髓的颜色
珊瑚上布满了鲜红的窟窿
你总问我
你究竟是不是当时梦里的我
我只回答
把自己统治好了
宇宙还渺小么？

我其实就是
我的梦里当年你曾梦到的我
既然窗里看风景的桥不见了
那就都忘记吧
抬眼望望远方的无限风光
北京秋天的梧桐
胡同里的孔雀
墙上的九龙
和着，合着
你我梦里依稀的家园

2013. 09. 22

13. 坐着高铁奔北京

我不是浪迹的游鲲
我只是落野的孤鸿
高铁在隆隆中边飞边滚
车厢里只我一人在飞驰中思忖

头依贴在血红的椅旁
风声伴着心跳在交响
外面的夜黑的真是没边
我们多像宇宙中被遗弃的太空货舱

前面应到齐郡济南了吧
因为刚刚过了兰陵枣庄
昏睡在历史的轨迹中
这一路原来在沿着大运河逆流而上

想想人这草草一生
在无穷的宇宙面前
不过是大象哄着苍蝇
老祖宗最牛逼的无外乎是
应要给你遗传下这一身生存的本领
当然还有个叫社会的玩意
把我和其他伙伴硬拴在一起
日出日落同在一片天下
蜗牛般朝上爬出一条条湿漉的轨迹

想想人儿啊，仅此而已！

2015. 01. 15

14. 心有猛虎细嗅蔷薇

胆不太好
可能是酒喝得有点多
绿色的胆汁挂满了枝干
开出了血红的花朵
我静静地躺在被窝里
时不时挠挠后背
证明自己还没完全活在微信上
理想的火焰在肚子里咕噜地烧着
我只好用闭上的眼皮压制它的汹涌
此刻，鼻子顶着心脏
深吸了一大口气——
终于，梦境向我发出了邀请函
并郑重地承诺
今夜梦里的主题是：
心有猛虎细嗅蔷薇

2015. 01. 25

15. 好梦不是用来遗的

从乞力马扎罗到危地马拉
你领着远古部落走了几百万年
从斯德哥尔摩到好望角
你带着火药走了一千年
从里斯本到旧金山
你储着一箱柑橘走了两年
从双桥到天通苑
你还得换上三条地铁呢
可是
世界上最遥远的距离并不是这些
而是躺在睡梦的床上
你翻了一个身而已
你一面朝海
另一面向山
一面是痛苦离别
一面是腰缠万贯
一面是儿时的混搭式过往
一面是慌乱时的横刀与炮枪
一面是口水喷出五湖四海
一面是膀胱的尿憋到在教室里通畅
一面是科学英雄
一面是杀人魔王
一面是流着泪送走自己的一生
一面又在坟边爬起
憨笑着对自己说：我原来没死

这就是梦！
可是，你们有没想过
既然在梦里都能如此地夸张
那么现实中你为何不敢去肆虐幻想
仔细想想，当我们死后
回望这苍茫一辈子
真的就好似一梦
那么赶紧趁着活着的时候
好好地去梦上一把吧
怕什么呢？
水喝多了大不了起夜去趟厕所
冲水，回身，关灯，盖上被子
接着又将是另一片大好的新天

2015.01.25

16. 且让东风带走那个过往的冬天

北方的风
抽干了汹涌的嘶吼
留我一堆清澈的柴骨
连同狐狸的脚印
一起被葬在了这寒冷冬天的枯崖
我这一晚
大半在火炉里游泳
浮潜在一百九十八洗浴里的温泉
终于，在太阳升起之前
我做了一个关于春的梦……
那里我用力刨开身上层层的夯土
一声惊雷
或是一个动人的响屁
蹦出我一层精灵灵的嫩芽
在秧歌的舞步中
我蹒跚的好美，好美
这一瞬间
终于敢光着膀子和被窝谈判了
我厌倦了硝烟与火炉
厌倦了狐假虎威的水饺
厌倦了裹着秋裤的万般不自在
厌倦了干涸大地上龟裂的嘴唇
厌倦了曾属于我却总拿我取笑的小雪
还有那个原本就不属于我的

却总要去承受消磨的万籁俱寂
既然春来了，不说告别
且让东风带走那个过往的冬天

2015. 01. 31

17. 乍暖还寒留秋裤

高加索与五指山的风啊
你俩真是不恬羞涩
光天化日之下
媾和在北纬三十九度北京的上空
除了柳树和燕子
整个世界都还在干涩中摩擦，摩擦
每个人的子房都在殷切地期待
只要等这对风儿办完了事
有关一切美好的梦想
都将会开出属于春天的新芽
然而
听老人家的话
秋裤再多留几天吧
因为到了那时
涵养个健硕的膝盖
一路向那最光明的前途飞奔
等风吹干了，箫声阵阵，山雨欲来！

2015. 03. 12

18. 天鹅与理想

你是个有志向的年轻人
因为你向着天空为青春而歌唱
南来北往的生命旅途里
你没有遗落一点点圣洁的过往

你只把眼泪都洗刷给湖水
也只把艰难都蹒跚在脚下
你没有在群行的时候松懈团队的协作
也没有在孤独的时候放弃爱情的忠贞

所以
你让安徒生为你创造童话故事
你让圣桑为你谱写华丽乐章
你让元好问留下只影向谁去的千古词句
你让老柴诠释出古典芭蕾的纯粹与完美
你让达芬奇勾勒出丽达与你的婉转与缠绵

你把一切生命留给了艺术创作的思海
也把一切美好的感动都凝出了经典的永恒
对了，大家都称你叫做天鹅
而在我的艺术世界里
请让我殷切地把你化作人生一切最高贵的
理想

2015. 05. 04

19. 爱情就是沧海桑田

在我的心海中
有一个叫做爱情的孤岛
杂草丛生，了无生机
自你从风浪中漂至
岛上开遍了绚美的花朵
你栖息在我的呵护中
却并没察觉到我礁石般执着地存在

渐渐的你开始惧怕孤独
而我只能纠结于无助和痛苦
终于在那个风雨交加的夜晚
他驱船把你从我的爱岛中带走

你踏上了他为你建造的陆地
在你们的心田里耕耘着幸福的点滴
我依旧在爱情的孤岛上等待
等待着下一个飘零而至
那个未知的你

如果在千年以后
真挚的执着可以感动上天
我定能等到那海枯石烂
当潮水褪尽，我才发现
原来属于我的爱情——
就是沧海化作桑田

2015. 07. 25

20. 我不会轻易地爱上你

身跨高高大马
俾睨天下
白天斗床，夜晚晒粮
标榜着武士侠客与英雄
但是，我不会轻易地爱上你

横跨三村五舍
房梁茅房
三十青涩，四十枯萎
洒光浪荡也要守住尿性与青春
但是，我不会轻易地爱上你

睡遍四书五经
时间简史
张嘴文哲，闭嘴玄思
地铁的梦驾出五洲来往的飞机
但是，我不会轻易地爱上你

数尽朝九晚五
战兢履冰
墙外窥井，墙内观天
提笼架鸟之余玛雅山上观青藏
但是，我不会轻易地爱上你

我就是我

我可以傲群或蛮横，可以苟且或任性
我可以专注或痴苦，可以潇洒或麻木
但是，我就这样地爱上了你
并甘心为你把所有是非全部抛弃
就在那短暂的五分钟内
我就是这样，这样地爱上了你

2015. 09. 14

21. 你是梦，我是我

谁把昼夜的窗子
抛给罗密欧和树干
如果在乎爱情
请干了这满恒河的泥水？
只可惜
你是梦，我是我
……
辜负了几十个岁月
曾年少的轻狂恍惚在六尺之间
大黄和咪咪早就被我埋了
而那些理想，都躲在何处？
长声叹
你是梦，我是我
……
离了这世界的亲人
和行尸又何两样
难道在有生的日子里
少点相见，多些慰藉和挂念？
到头来
你是梦，我是我
……
桃园深处，嘻笑怒骂
两片折子，千千阙歌
太多兄弟情义，驰骋驾着牵绊？
淋漓时

你是梦，我是我
……
把芳华搅拌与童贞的汁液
开着车，徘徊在高中校园
大学若即若离
倏到小学才知，怎没把车开来？
须臾间
你是梦，我是我
……
你是梦，我是我
我用蹉跎养活你
你在睡了时，装着我活
你是梦，我是我
我用黑暗找寻你
你让这自由，带着我飞
……
如果往事和未来都是真的
那么请忘了
你是梦，我是我……

2016. 05. 12　大连

22. 你多久没有写诗了？

上班的车窗外
鸟儿喳喳地问我
你多久没有写诗了？
是奔波的道路过于坎坷
还是平日里应酬太多
在逐利的欲望中醒了又喝？
我，没有回答，我只是沉默
……
菜市场的墙角里
草儿懵懂地问我
你多久没有写诗了？
是屈服了人生苦短
还是束缚于家庭的重担
早已无暇四季变化和儿时的心愿？
我，没有回答，我只是沉默
……
电话线的另一头
母亲殷切地问我
你多久没有写诗了？
要是太累了就多休息吧
别让工作的压力把身体拖垮
老两口只要你好，勿用太多的牵挂
我，没有回答，我只是沉默
……
是啊，我很久没有写诗了

人生若是一本书
曾满腔热血，刻画着点滴生活
可下一页究竟写啥?
这事由不得我
但我坚信
只要内心深处
感恩着自然，承受着责任
心系着梦想，挂念着亲人
至于这诗，写与不写，又能如何?
……
如果我也来问
你多久没有写诗了?
你不必回答，让我们一起沉默……

2016. 07. 31

23. 三只眼

我有三只眼
一只看天空的多彩
一只看地上的绚烂
还有一只看自己
怎么看，也看不清晰
……
我有三只眼
一只看过去的点滴记忆
一只看未来的美好期冀
还有一只看现在
怎么看，也看不清晰
……
我有三只眼
一只看淡人生苦短
一只看重情义无边
还有一只看活着的意义
怎么看，也看不清晰
……
我沉默片刻
念一句偈子
闻一丝莲花的清香
听一段寒山禅钟
我顿悟了
……
我只有两只眼

一只叫左眼，一只叫右眼
挂在高高的树干上
沐浴着阳光雨露
度着一切是非冷暖
至于第三只眼
原来都是那些执著无妄的奢念

2016. 08. 13

24. 什么是爱情

月光洒在地上
留下满潮的汹涌
你对我的一眸
留下一世的迷茫
莫扎特问什么是爱情
匈牙利飘散着思念中的勃拉姆斯
唐婉默许了世俗的桎梏
桃花扇上刻满了香君悔恨的血斑
如果问我，什么是爱情
我觉得路旁的鲜花
树上的小鸟
湖里的鸳鸯
还有九九艳阳与蝴蝶泉边
一切被麻醉的原始冲动
都可以说清……

2017. 04. 19

25. 因为我，就是一个八零后

和你们一起玩耍
沉迷青春
你们醉了，我还清醒
可你们如此年轻
我却不觉中老了
我的各种不服萦绕嘴角和肩膀
都是二十一世纪的新人
只是你随便颓废，我却视死如归
……
可赛和机器猫都在运筹之中
葫芦娃和圣斗士都在鼓掌之内
只等我一声如律号令
万千天兵杀得这岁月片甲不留
哪怕遍体鳞伤
手中岿然紧握这怀旧的不倒宝枪
……
总把自己看作小孩
可见到七八岁的小孩
我常被喊作叔叔
总把自己看作小孩
可看到老迈的爸妈
我常无意间把他们喊作爷爷和奶奶
……
手机面前，人人平等
呼吸之间，谁都不可能永远年轻

我有我曾经倔强的年轻
如果你也有着，或者你也曾有过
那么请接纳我诚挚的包容
一起为末日祈祷
看影子飞舞或成长
看时光把残存的理想扫荡
因为我从来不胜哀愁
因为我，就是一个八零后！

2015. 11. 13

26. 不管你是个什么样的人

如果你是那飞檐走壁的人
请你带着我远走高飞
如果你是那开天辟地的人
请你用斧子把我的真心劈开
如果你是那执着追梦的人
请你允许我把你追随
哪怕尽是廉颇般的荆棘覆锁
我仍会用赵王的宽广为你释怀
当然
如果你是那变幻不定的人
我只望你把不变真情都留给我
如果你是那冥顽不化的人
我也只认定冥冥的那人，正就是你
如果你是那忘恩负义的人
我只会暂时地把你忘记
然后用一生默守在你前行的路旁
像棵野草，同你一起呼吸
……
因为
不管你是个什么样的人
我只知道，我爱你！

2016. 08. 08

27. 我依然流氓般的沧桑

别纠结了
您已过了三十，四十
或六十六
您的所想逃不出美好的家园
曾经为了理想而奋斗
宫保了不止三五个鸡丁般的青春
……
昨天我死了
你们哭啊，或者笑啊
莫桑比克的悬崖
裹杂着牡蛎的芬芳
辜负了太多眼前的苟且
所以苟且了我无知的远方
……
诗人都是虚伪的
梦想总寄生着迷幻和欲望
我的内心，跳跃着离骚与膀胱
像蝴蝶般飞舞
一切的未知，浸淫在蓬勃的翅膀上
就这么放手飞了
带着我的泥土？我的啤酒？我的麻将？
……
都不是
没有确切的答案
如果你也曾迷失在这三十几岁的

死亡之间
也曾探索在重生的未知里
那么请赐我一滴苦涩的甘泉
如果你欺骗了我
那么请顺便为我送终
同时尽情地暴殄着
我依然流氓般的
沧桑

2016. 05. 02

28. 酒精浸泡的种子

上天造了两个我
一个活在现实中
一个游在醉梦里
像颗泡在酒精里的种子
我张开翅膀，飞呀飞呀
……
现实中总有高低
醉梦里都是天平
左边一把羊肉串
右边一盘炸花生
我撸光支离破碎的理想
也嚼碎了裹满身心的伤痛
现实中我曾失意和迷惘
醉梦里我总能自由地翱翔
几次和厕所的推杯换盏之后
灯光下仅是没有主题的垃圾过场
……
醒了后不是白天
醉了时都是夜晚
我不能拒绝白天
不能左右梦幻
但是几杯浊酒过后
我真的能撕开茅塞和空旷
不能拒绝白天里的现实
我只好把未来的美好寄托给你

此时此刻，竟然忘了是夜深还是天亮
这酒，怎么越喝越是凄凉？
……
借着酒劲
画一个崭新的天地
只容一个我，提一盏油灯
寻着一片永久的执着
在那里，和那个我
只唱情怀，不叹沧桑
在那里，和那些我
只谈风雪，不诉离殇

2015. 10. 30

29. 三百年

等我死后
三百年
无非一堆白骨
带点家乡黄土
活着时总觉得漫长
等到入殓
方知道从那以后
才是遥远
……
三百年后
你对着我说：
为何你不去天堂
为何你入不了梵净
偏偏用这堆白骨冷对着我？
哪怕是嶙峋，哪怕是沧桑
为何免不了哀怨着孤独和惆怅？
你尽了忠孝还是酿了离骚
你痛快了院子还是安慰了被褥？
你总想跨越千年
却为何不能和养在天边？
尽管，我与你同名
与你长相一般
只是晚了三百年而已
看你这副猥琐
当初又何必太过执着
到头来，不都是你！不都是我？

2016. 02. 15

30. 脚

我有两只脚
一只迈开幻想
一只踏着绝望
我先是幻想，接着绝望
尔后不久
又是一个接一个新的幻想和绝望
……
在人生这条路上
偶尔也能蹦哒蹦哒
双脚离地
以表些许成功后的喜悦
片刻而已
……
当走到路的尽头
无路可走，那即是死亡
停下来，回头瞧瞧
满地尽是破碎的理想
不过
在这条湿漉漉的轨迹上
却永远留下了我曾踏遍的过往
……
小时候
我们都喜欢跳房子
也许那是另一条路，另一套活法
就和记忆中美好的童年一样
它们只属于没有幻想和绝望的天堂

2015.10.18

31. 放生随想

带子的鲫鱼不是被我放水里的
竟从两米的岸边靠肚子翻腾而入
求生的欲望激起四溅的泥水
连同我的祝愿
一同游入京杭运河的深邃之中

鱼儿啊
请你们记住我的嘱托
一路南下
辨明人生的方向
淌过天津的九河
致敬沧州的狮子
遵循曲阜孔圣的教诲
缅怀台儿庄烈士们的庄严

不学那暴躁孟德屠城徐州
不学那痴情苏小哭伤了广陵
太湖的平静，你不必流连安逸
苏州的秀美，你不能醉梦飘然

在红尘的河水中
你可以尽情饱览下西湖的美景
雷锋塔下，许一个愿
替我上一柱香
顺便告诉法海

伊甸园里还有个一直在等他
叫做夏娃的姑娘

钱塘江里
你可以将肚里的孩儿产下
其中一个
一定要取名和我一样
大海不远了
想想你的生命也是无常
走吧，去尝尝那苦涩的海水
不管是否能有来生
不管浩瀚的宇宙里
究竟是地狱还是天堂！

2015. 09. 30

32. 莲花何时开

莲花何时开，
心定慈悲怀，
三藐三菩提，
非相即如来。
我用三世渡苦恶，
从善而积满恒河，
五蕴皆空婆娑果，
莲花开时福报多。

2016. 11. 7

33. 我有一个城市

我有一个城市，里面长满了不同的人
成功的时候，我化作市长
低落的时候，我沦为平民
快乐的时候，我扮成盛装的贵族
悲伤的时候，我只是个卖艺的小丑
……
我有一个城市，里面挂着多样的街景
清晨，我在公园里沐浴朝阳
午后，我在咖啡馆里和书籍交谈
下雨时，我看到伞下的马路都在哭泣
周末了，我默守在教堂里描绘着浮生
……
我有一个城市，里面发生着很多故事
每天起床，我都为它洗漱和装扮
精神饱满，只为和外城的交流与发展
友邻来了，要布置好盛情的宴请
敌人来了，要坚守到正义的宣判
我还要时常去工厂考察，去农田收粮
有了结余，就去码头进货
卸下疲惫，就去酒吧欢唱
……
迷醉的夜晚大家一起推杯换盏
可每当梦醒时分，我才发现
其实这个城市
只我一人……

2016. 08. 23

34. 因为生命，所以热爱

入梦之前
挂在窗外的月亮
偷偷地对我吐露了一个惊人的秘密
因为有了人类，所以上天才创造了地球
如果是这样，那么我想
……
因为我们需要呼吸，所以才有了充足氧气
因为我们需要成长，所以才有了雨露光芒
因为我们长了眼睛，所以才有了斑斓色彩
因为我们长了耳朵，所以才有了天籁之声
……
因为我们抱有理想，所以才有了社会与进步
因为我们惧怕孤独，所以才有了家庭与情感
因为我们善于记忆，所以才有了翻滚的历史
因为我们勇于创造，所以才有了文明的土壤
……
因为我们偶然迷醉，所以才有了香烟和美酒
因为我们需要繁衍，所以才有了爱情和婚姻
因为我们追寻快乐，所以才有了艺术和消遣
因为我们沉溺欲望，所以才有了争斗和忧伤
……
因为我们斗志昂扬，所以才有座山叫珠穆朗玛
因为我们胸怀宽广，所以才有片海叫做太平洋
因为我们探索未知，所以才有各处的奇观美景

因为我们不辍前行，所以才有无尽的路途坦荡
……
哦，我恍然大悟
就在月亮即将消失于云层之前
如果是这样，那么我想
因为我们早晚要知道这个秘密
所以上天才造出了眼前的月亮
因为我们终将会死去
所以定会存在另一个世界要我们去往
……
但是至少现在
因为生命，所以热爱！

2015. 04. 27

35. 论情怀

即使年不青了
活着的人
还是要把持些情怀
从早晨到深夜
从陋室到天边
披着过去的风衣
裹着当下的围巾
再带上一顶未来的帽子
嘿，满身上下的潇洒和舒坦
……
至于欲望、任性和愚昧
如剩饭堆在锅里
随时可以吃掉，消化，然后拉光
假使位高权重，财运亨通，事事得志
多伴着大腹便便或食之无味
假的终究还是不太好使
唯有情怀
好比童年时妈妈烹煮的饭菜
不只进嘴，关键走心
……
对爱人、亲人和友人
纵是青梅煮酒
与自然、艺术和时光
尽可水乳交融
哪怕是片刻的孤独

也要熬成一碗浓香的热汤
……
敢问人生终会幻灭
这一路情怀何用?
虫是冷的，炭是黑的
可心是暖的，可血是红的
人，若是没了情怀
那么
还怎能被叫做真正的人呢?

2016. 06. 24

36. 藏起

夏天把春天藏起
一场大风而已
秋天又把夏天藏起
几场雨水，悄无声息
冬天还会把秋天藏起
冰冷的雪儿下个不停
在最孤独的时候，你把我藏起
永不示人，深埋心底
……
等到来年春天
万物复苏，芳草连天时
一切都会重新开始
只是，被藏起的一切过往
将永远逝去……

2017. 05. 06

37. 人生都是一次西游

我有颗坚贞不渝的心脏
披着赤诚的袈裟
我有对灵巧又刚毅的手臂
紧握着伸缩自如的铁棒
我有张能说也能吃的嘴巴
开合之间，给自己一点享乐
我有双夯实又中肯的腿脚
挑着生活的担子，走啊走啊
……
我也曾执迷过儿女情长
我也曾叛逆在懵懂的青春
我也曾贪恋这花花世界
我也曾蒙蔽于那些解不开的谜题
尽管出生东土
可我选择了西行
虽能腾云驾雾
可我只能朝着命运的归宿
我也是被欲望包裹的凡人
可终要放下红尘，跟着理想们奋斗
我的生死并无伤大雅
可既然出发了，总不能轻易地停下
……
人生都是一次西游
未得涅盘，我们都是行者
迷失在五蕴皆空之前

执着于受想行识之间
如果真到了那里
我会轻声地告诉如来：
我已完成了您的旨意
此刻只求准我睡上一觉
然后在梦里自主地将未来抉择
……
一叹化为青烟，一驻长眠不醒
一转回到起点，一念留在天堂

2016. 09. 12

38. 可爱的孤独

平铺在入睡前的深夜里
寂静的天花板黑的快把人吃了
朋友圈太多的浮夸和奢靡
包裹着高亮又磨皮的外衣
叩问良心
多久没有和内心的自己在一起了？
在冰冷的手机壳子里
我遗失了我的孤独

奋力逃脱平日的嘈杂
发现只有在镜子面前
才不用那样做作和虚假
一个人守在屋子中
喝茶，发呆，擦鞋，读书
每一个动作都似乎庄严了起来
在对楚楚般自己的关爱里
我依偎着我的孤独
……
鸟有鸟的情事
花有花的轮回
鱼儿的眼里不都是懵懂
虫子们唱的不一定是哀愁
在家中的每一个角落里
我孕养着我的孤独
……

出去走走
拥抱蓝天和大树
用脚或车轮去丈量梦想的尺度
不打扰大爷的往事
不臆断大妈的追求
在他们的胡同和广场里
我坚守着我的孤独
……
何必太多欲望
人生都是过往
从不存在天长和地久
再亲的人也不会陪你走到最后
至于幸福和痛苦若干?
其中的奥妙道不尽，又说不出
如此看来，在有生的日子里
该不该好好享受一下
我那可爱的孤独?

2015. 10. 10

感时咏，也可称诗人

——

风景时事皆如人，

不是深情便是辜负

39. 你若来了，整个冬天才会变得温暖

冬天的早晨，是睁不开眼的夜晚
挣脱慵懒的被窝
镜子上贴着一张迷糊的苦脸
你若来了，豆浆才喝下去又热又甜
……
裹一件最厚的棉衣
翻滚在上班的征途
寒风逆着身体，我只是人海中的一粒
你若来了，地铁才化作了幸福的拥挤
……
午后偷来一点时光
爬到属于自己的山上
积雪掩盖了梦想，雾霾紧缩着远方
你若来了，梅花才会盛开在洒满的夕阳
……
晚饭总被赶到天黑
火炉上烤着红薯和玉米
小酒杯空了又涨，思绪在屋顶上落了又飞
你若来了，等待的人才不会在惆怅中独醉
……
失眠总是在所难免
尤其在没有星星可数的阴天
你怎么还没有来？也只好再一次许下心愿
你若来了，整个冬天才会变得温暖……

2017. 11. 26

40. 今日重阳

我想出去走走
用我身体的余温
送别随风摇摆的寒枝和晚秋

今日重阳
我要登上枫叶红满的西山
找寻插佩茱萸的杜甫
借一只煮酒，敬我远方的知己

今日重阳
我远眺未知的旅途
脑海浮现着丰收的样子
梦想未曾幻火，尽管险峰遮挡了斜阳

今日重阳
我依偎在菊花丛中
把赏着三两成群的游客
我把思念折成飞机，投向家乡父母的身旁

今日重阳
我哪也没去
只是端着热茶，靠在风打的窗边
把对美好生活的向往
落成几行简单的文字

网上搜些应景的图片
发在朋友圈里，不知可否？
和你一起分享……

2017. 10. 28

41. 五一

劳作一天的人们
洒着艰辛的汉水
对他们而言，莫大的幸福就是
晚上一两瓶洒脱的酒
……
所谓洒脱的人们
喝着晚上傲娇的酒
对他们而言，莫大的幸福就是
明天依然要奋发地劳作

也许在伏案，在昂首，在喝酒
一个用柴米油盐染色的画板
在童年的幻想和明天的欲望间
勾勒出一副拾穗者的肩膀
扛着大家或有的赞许
或有的泯灭和茫然
在纤夫们低着头的河岸
只顾向前

无所谓辛苦和艰难
就是任性地劳作、爱和成长
一把汗水灌溉了土壤
只是期冀，多年以后
儿女荡漾在秋千上
妻子端来了下午茶

爸妈在远方望着我们
一切那样地幸福与安详
我低着头，喝着小酒
依偎着一张躺椅
体味着伏尔加的芬香……

2017. 04. 30

42. 月芽

没有雾霾的夜空
挂着一芽嫩黄的月亮
月芽每天都在滋长
和路旁不经意的春天一样
此时此刻
聪明的人们在一起欢呼雀跃
愚蠢的人儿静静地向天空仰望
不停地琢磨着
是谁在这黑幕中刻出的光?
……
没有雾霾的夜空
挂着一芽孤独的月亮
月芽上挂满了思念
和手机朋友圈里的探望一样
此时此刻
聪明的人们在欲望的世界里
飞舞和翱翔
愚蠢的人们在平凡的日子里
重复和成长
正躺在昏昏欲睡的床上
此时此刻，和我一样

2017.04.01

43. 下雪了

下雪了
我飞入雪花群中
聆听她们的纤声细语
有的在嘻笑
有的在哭泣
我用迷乱的眼神
打量着街上的每一个路人
幸福的更加幸福
孤独的愈发孤独

2017. 02. 21

44. 雨水

还沉浸在
立春时撒下的各种梦里
所以雨水
被掩在了泥土之间
也许要等到惊蛰
和所有冬眠后的虫儿们
搭伴着起身
看，大雁飞回来了
不知是否带着我想要的答案
记得去年
就在它们规整的羽毛下面
我系上了有关生活的所有难题
……
冬天的影子短了
太阳的个子高了
能走的路越来越少
未实现的愿望却越来越多了
我们把大半的生命都用作期盼
能留给成功的体味
只剩了少许
至于过程
是坚守还是放下，在于执念的人
至于这雨水
是润化还是凝结，在于她所生属的
那片自然

2017. 02. 18

45. 所谓春节

春节又来了
应接不暇
人们都在努力地装扮和拼凑着
各自所谓的幸福
乐此不疲
也恰如其分地快乐着
……
可殊不知
岁月在身上又多了一刀
至于这节
不过是上天恩赐给人们的
一点慰藉而已
……
春节如刀
你吃的是谁的肉呢？

2017.01.24

46. 今夜好大的月亮

从前我们
在月亮下手手相扣
如今我们
在手机里晒着月亮
独行的路，熙熙攘攘
……
月亮离手指好近
里面装满了重重的思念
轻轻一点就碎了
洒落在各家的阳台上
天涯陌路，拾遗彷徨
……
没有雾霾的北京
所有霓虹都输给了月亮
街灯引着漂泊的灵魂
月亮照耀着梦中的故乡
一路走去，人短情长

2016. 11. 14

47. 再不珍惜，秋也没了

你说雾霾太重
我的额头穿过你的脸
拉着我飘远的风衣
你说再不珍惜，秋也没了
……
桥上风景怡人
我们望着水中倒影
五彩斑斓的秋树
装扮着相框里的背景
……
除了我们翻滚过的湖面
应该还有丰收的高山
有远去的大雁和将死的蚊蚁
我们把未尽的夙愿都裹在厚厚的梦里
……
梦里有个黄昏下的院子
妈妈晒过满天的回忆
爸爸扫着一地的青春

2016. 11. 5

48. 雨歇歇

以为修好了
却还一个破碎的秋天
你听
天累了
雨，歇歇

没了春暖暖
燕子去了南方
没了夏炎炎
蜗牛迷失了眼眶
没了我们的爱情
冬天和末日一样

在下不停的雨水里
我以为我丰收了
但天怎么还是如此地凉?
原来好一个，斑驳的秋

青蛙独唱着北京北京
知了和声着英雄儿女
叶子们摩挲着千千阙歌
只有雨儿在角落里嘀嗒着骆驼

角落并不大
只一个瑟瑟的世界

一个你仟姿，一个理想
我把生活唱了七遍
一遍欢喜，一遍迷茫
一遍繁星，一遍倒影
一遍孤独而美丽
一遍高傲而忧伤
一遍俺嘛呢呗唛哄……

秋天终于活出了
自己的样子
雨歇歇，雨歇歇
既然睡不着，那就这样吧

2016.10.28

49. 秋雨下不透（两篇合一）

上篇

这世界怎么了
满天浸泡着嘈杂
人们越发地痴于
破解别家门锁里的奥秘
手机并未爆炸
我们的头脑已花
我在迷失中摇摆
也就这样凑活地活着
秋雨下不透
洗不净这心里的逅
除了仅存的一点善良和正义
其他都是雾霾世界里的蝇营狗苟

下篇

我在落叶上舞蹈
颠簸着脚尖
头发湿了大半年
就等着下一缕阳光
将顶上的种子点亮
然后开始肆意地发芽和生长
至于你为何总提不起精神？
只怪冬天逼的太紧

把断线的风筝吹向摸不着的远方
世事无常，人也无常
睡了的和醒着的
其实又有何两样？
秋雨下不透
诉不清这点点的忧
你叹着故人已去
我唱着壮志未酬……

2016. 10. 6

50. 八月过半

一年中
总有几天叫作八月过半
一生中
总有几年叫做壮志未酬
……
终于经不住快下透的雨水
青涩的柿子们还是落了一地
玉米们在烈日下苦苦地监守
顶着腰杆，渴望着金黄
我赶快通知树上的知了
这狂热派对并没有结束
继续唱吧，尽管声嘶力竭
你们也要歌颂整个夏天
……
孩子们开始睡不踏实了
倒数的假期总是不忍面对
老人们依然在树下唠着三长两短
只是记忆里的那些悲欢喜忧
似乎从来都未曾割舍干净
我赶快叫醒池里的青蛙
不要再做那些贪婪的美梦
趁着天黑前的夜幕
你们要继续敲响征途的战鼓
……
不知不觉，八月已经过半

年初的理想是否还未实现?
候鸟们就要飞走了
但那并不是悲伤
秋草们就要枯黄了
但那也不是凄凉
哪怕只孤身一人
也要继续将旌旗扛起
把它插上那满是荆棘的山顶
然后唱响一生里最豪迈的歌声……

2016. 08. 21

51. 假如春天欺骗了你

假如春天欺骗了你
看上去很暖和
可早晚的冷风依旧穿透了你的薄衣
没关系，人总要学会适应和等待
因为往后很快即是热烈的夏天
……
假如春天欺骗了你
本以为播种了
就马上能吃到幸福的蔬菜和谷子
对不起，人总是要不懈地耕耘梦想
因为再往后才是丰收的秋天
……
假如春天欺骗了你
才离乡不久
怎么就开始思念起远方的亲人了？
就像这漫天飘忽的柳絮
既然选择了漂泊，就不能总想着回去
因为年末总会有雪落和团圆的冬天
……
假如春天欺骗了你
别再纠结什么了
我们不就是在上天的欺骗中活着？
它在永恒，你却在老去
只会在童话故事里梦呓着返老还童
所以不必在乎太多

既然是个骗局，就陪它洒脱地表演下去
等待中，耕耘着
往返的，在路上
因为明年的这个时候
又会是一个看似很暖的春天……

2016. 04. 19　深圳湾

52. 奶牛般的春天

也许因为
奶牛飞上了天空
你的世界
才有了白天和黑夜
也许因为
承受了无尽伤悲
你的世界
终于下透了的满天的奶水
……
像农民一样
你在春天里耕种希望
夏天里肆虐成长
也经不少风雨
可是到了秋天
你收获的都是绝望
满天的奶水
是妈妈抱在怀里看你的眼泪
……
又是春天了
傻傻的你，依然在傻傻地努力
汗水滴在种子里
祝福的梵咒浸在子叶之间
饱尝了太多风雨
来往的路上
你早就不在乎，这脚底下

究竟是苦，还是甜
……
终有一天
你那甘醇的热血
全已化作慈悲的恩露
和碗里的稻谷们一起
笑啊，跳啊
然后齐声高喊：丰收啊
原来你一直就在
就在这个奶牛般的春天！

2016. 03. 30　北京

53. 关于春天

关于春天
再美的语言都无法形容
陶醉其中的我
五官早已不受控制
各自和它们的爱人私奔去了
眼睛浸淫在美艳的花丛里
耳朵追逐着鸟儿清脆的歌声
嘴唇和春风在亲吻
鼻子贪婪地吸吮着泥土的芳香
……
太阳洒下了无数颗珍珠
弥漫在空气中
我随手摘下几粒
串成了一条飘逸的思绪
挂在心尖
此刻
我想到了贝多芬的皇帝钢琴曲
想到了塞尚笔下描绘的田园
我还想到了牵挂的爱人
想到了王维和李白
……
关于春天
我还是不由地吃出很多言语
但不论我们年龄多少
也不论我们如何生长、衰老

或是死亡
请相信
只要荡漾在春天里
每一个人，都是少年

2016. 03. 26　北京

54. 致厦门

如果不是活在梦里
我想我会选择活在厦门
你就像一个美丽的姑娘
长圆的脸蛋，侧着头朝我微笑
你生在一个优越的家族
爸爸给你起名叫做白鹭
祖辈的奋斗造就了家境的殷实
但你依然传承着纯洁和朴素
就像老城巷子里飘摆的风铃
……
你穿着一身米黄色长裙
带一顶红色檐帽
我在中山路初见你
又在云顶的山雾中迷失了你
我在环岛东路追逐你
又在五缘湾的桥头跟丢了你
于是我把字条留在你常去的书屋
约好的厦大门前相见
可你却因照料生病的母亲
又一次留我在人群的天边
……
我走了
送上南普陀求来的祝福
脑海带走了你流泪的样子
她就在鼓浪屿恍惚的涛声里

就在白城滩边透明的沙粒里
就在这三月下不干的雨水里
她也在青芒的果肉上
在珍珠贝的襁褓中
在高崎机场的跑道旁
……
飞机拉我走了
我嘴里唱着给你的歌

2016. 03. 18

55. 惊蛰了，奔跑吧

既然惊蛰了
沉睡的内心可以躁动
我换上一了身绿色春装
出门试试跑步的样子，没有原因
起始是艰难的
各种身心的煎熬压重了步伐
呼吸和四肢不停地狰狞
但我相信，我能坚持下去
……
渐渐
五脏们开始轮番起舞
在五种颜色的身体内部
跳动，翻转，萦绕，倾笑
迫切地向我诠释着她们的妩媚
也多么渴望我加倍的宠爱
……
腿脚越发轻盈
手臂便开始随风摇摆
我召唤上地里冬眠的动物
我拉起了路边干瘪的枝芽
来吧，小伙伴们
让我们一块跑起来吧
……
听啊，春雷在远方滚滚交响
看啊，眼前的景象变得如此风光

我们将甜美的空气肆意吞吐
我们将内心压抑了很久的愤懑
全部释放
这一刻
世界凝固了，只有我们在奔跑
……
也许我不能将生活的烦恼全然忘却
但此刻，我将傲然的胸脯朝前方挺向
也许我不能将现实的苦难化为乌有
但此刻，我用燃烧的身体将快乐点亮
也许我不能如愿地游遍山川美景
但此刻，我已然陶醉在自然与我之间——
饱览眼前的天高地广
……
也许终有一天，
我们都会走向衰老，归宿死亡
但此刻，我怀揣着青春不灭的烈火
在人生未尽的道路上
朝着理想，跑向永恒……

2016. 03. 05

56. 立、春和饼

一夜间
面盆孵出了一层豆芽
颗颗直立，挺拔
只是豆子空了
晚秋的韭菜被雪藏了很久
一身迫不及待的样子
好容易挣脱了隆冬的束锁
骨子里满是青春的骚气
……
粉丝融解了僵硬的躯干
鸡蛋迸发出如花的笑脸
牛肉和肘子放下了往日的高贵
裹着对未来的所有期冀
与大伙一起
拥抱在这春天来临之际
只等着妈妈
在饼铛上精心一抹
这
定会是一个圆满的新年

2016. 02. 04

57. 大寒

大寒分两半
一半很冷
一半很暖
时日总无多
只是常牵挂
天空长出层层棉花
似白雪皑皑
里头尽是苦后的甜
……
我生长在天涯
左心晒在赤道
右心跳入北极
动脉承受着风雨蒹葭
静脉将桑中惆怅埋葬
在赤焰和冰川之底
一半是欢笑
之后是迷茫
一半是迷茫
之后又即是孤独
在孤独和牵挂之间
我就是我
因为真实，所以真挚

2016. 01. 20

58. 雾霾于我

雾霾于我，好似荼毒
谁不期待蓝天尽染或繁星点点
可此时的我，无法将这雾霾挣脱
太多的牵挂，萦绕了远徙的行脚
霾的越重，埋的越深
……
透过午夜的霾洞
我仿佛窥见了往日的美好
总觉得穿过弥漫
定是那童年满挂的嬉笑欢颜
我似是而非地朝洞里探寻着
远方的家人，爱人，一切我牵挂的人
仿佛就在这片霾的对面
一张张氤氲的笑脸
透过育儿箱齐刷刷地望着里面
这半眯小眼
刚刚出生的我
……
夜很幽静，霾很凝重
我仿佛被世界遗忘在枯崖
一声咳嗽，一丝喘息
一点微薄的存在
一个本该昏厥却依然与黑夜抗争
依然与雾霾较量的我
原来，是这般的孤落

……
算了，天还在的
我还要长大和齐家
还要把外面的世界看个尽够
吃遍天下最好的米饭和面条
取一粒种子，把梦想种下
在下一片雾霾来临的时候
坚守这生命的希望与真爱
……
雾霾于我，荼毒很深
穿过它去，尽是思念……

2015. 12. 29

59. 冬眠

冬天里，太阳累了
只爬到夏天的一半
冬天里，我也累了
眼里睡不完的懒觉
月亮和美梦是一伙的
总派嫦娥来勾引我
不过
一夜的缠绵过后
太阳依然升起，温暖大地
我也要提上裤子
继续赶路，永不停息

2015. 12. 18

60. 大雪诉说着孤单

这片大雪
载着太多的情
你看它撒落的思绪
像鹅毛和棉花
倾吐着爱情的美好
盖满了痴情的暖床
我要把雪花统统收集
寄给南国的自己
在这之前
用拖拉机的脚掌划一片情思
上面写满我和你
写满童年的记忆
除了那些真挚的理想
还有
一个清醒的仰望
眼眶一片潮冷的夜空
电视新闻就在面前
实况直播，这纷飞的夜晚
人们都在自卑的狂妄中相互助演
只有我和大雪
以及一切
对着它喋喋诉说的孤单

2015. 12. 07

61. 霜降

北京今天在霜降
我躲在贵州找寻着阳光
一缕阳光一层暖
一层霜降一片凉
也许真情曾经太过热烈
像这般枯叶铺满了前行的路上
我在萧瑟中踏寻着过往
但记忆予我的总是彷徨
美好的一切再无法招之即来
痛苦的点滴却总也挥之不去
秋啊，你何必如此地让人惆怅
……
一声叹息，一丝迷茫
一曲悲鸣过后
我抬头仰望
一队整齐的鸿雁在天空中高唱
哦，她们仿佛是在为我引航
……
不信你看
北京今天在霜降
我正顶在风中重拾着力量
秋风吹干了我的泪水
却扫不尽我曾挺拔的梦想
霜降冰封了我的翅膀
却永远冻不死我心底这片

炽热的坚强
……
不信你闻，这一路的桂花香！

2015. 10. 24

62. 九月

九月之前　最美的是清晨
九月以后　最绚的是黄昏
九月之前　澎湃的是大海
九月以后　静雅的是苍山
九月之前　赞美花朵的娇艳
九月以后　感受枝叶的飘然
只是，没想到这么的快
从上个九月以后，到这个九月之前
……
九月送我一件御冷的外衣
落叶来织裹
多彩又艳丽
九月送我一床舒缓的棉被
头枕着瓜果
被窝里铺满麦浪和芦苇
九月送我一块高挂的月饼
外表刻着玉兔的离乡思楚
内心却装着嫦娥的舞步轻盈
九月送我一把通天的扶梯
白天抚摸萌萌的云彩
夜晚偷听星星们的家族秘密
……
九月送我一堆架好的干柴
既然还有未尽的梦想
趁着冬天还未到来

九月劝我赶快把它们全部点燃
烧亮每个清晨和黄昏
烧热整片大海和苍山
烧净所有鲜花和枝叶
因为，又会是那么的快
从这个九月以后，到下个九月之前

2015. 09. 16

63. 醉美的夜空

但凡是个男人
总能找到不同的借口
多少，喝点小酒
趁着醉意，挥洒朦胧
绿色的胆汁挂满了树干
开出了血红的花朵

我在树干下仰望夜空
看那满天繁星
都是我孤独时泣出的眼泪
我用手儿将它们汇集
化成一剂甘露
麻醉我的心田

心田里开出一片花朵
美的连沙子和泥土都绽放了
我用娇艳的花瓣擦拭痛苦的过往
顺便把剩余的花束送给最亲爱的朋友
邀你们抬起头来
一起看那满天繁星
一颗颗呆萌的样子
正是我那一张张微醺的笑脸
此时此刻，不再孤独

2015. 09. 08

64. 中元——我和我们的节日

清明叩土，中元拜街
我们在黑暗中燃尽黄纸
火光中
身体恍惚于阴阳之间
……
舒伯特在欢乐颂中为贝多芬抬棺
苏东坡在乱坟岗写下十年离殇
伦勃朗画一个自己照见五蕴皆空
沈从文在故事里编织童年的情肠
至少那时的我们
你是你，鬼是鬼，天是天
……
可如今的我们
在欲望的追逐里迷失了方向
没有了普拉提诺般高贵的灵魂
和那些游走的鬼魂有何两样？
犬儒们还能靠精神来洗涤心肺
可如今，
你已不是你
鬼也不是鬼，无语问苍天
……
算了，都是猴子，没有救兵
当诗人不再歌唱阳光
当农民不再舞动丰收
当理想只为了攀比与反讽

也可称诗人

那么，小伙伴们
趁着中元的夜晚
我们一起来过节吧
从工体跳到八宝山
一个接一个，高捧着手机
一起跳进终点站——
那片最绚烂的集体墓场！

2015. 08. 29

65. 你看明天或许会多云转晴

接连下雨的北京
盖在幽盲乌云的被子里
思念如梦魇一般
在雷电的火光下
烹煮着快要窒息的灵魂

接连十好几天不见盛夏的骄阳
好似飞鸟都被泡在圆明园的湖水里
嘶哑几声之后
又在一阵暮鼓声中挣扎死去

至于八月前后的太阳
高傲，任性，不曾约过
枉剩下一个孤零零的北京城
和一群傻乎乎的痴男怨女
装裹着汗水编织的紧身内衣
唱啊，跳啊，闹啊

把鱼儿挂在自己扎好的风筝上
用后海大爷的钓线将它放飞
请它们转达来自积云底下的呼唤
我们多渴望恣意地裸露在阳光下
好想，好想

哦，今天是八月三日

也可称诗人

没有什么特别的印记
只是北京的上空挂起了半天的彩虹
另一半是太阳圣火烧干了半天的云
我们终于抓到了夕阳西下
太好了，明天或许会多云转晴
你看……

2015. 08. 04

66. 人生的诗，酿在四季之间

暮春时，
我的眼里只有世界，没有自己
盛夏时，
我的眼里没有世界，只有自己
金秋时，
我的眼里既有世界，又有自己
隆冬时，
我的眼里没有世界，也没自己

我闭上眼睛，呼吸着星空
扬一阵疾风，吹散沾满欲望的浮尘
点一把热火，烧光被社会紧裹的外衣
泼一盆露水，冲刷隐匿又虚伪的面具
敷一层寒冰，冷冻焦躁灵魂里泛滥的龟裂
最后，喝下整个太平洋的烈酒
用他那最原始的肾脏机能
一滴，一滴……
酿造出苍穹下最圣洁与迷人的彩霞

2015.06.16

67. 小满

没有蟋蟀和知了的夜晚
月牙无聊眯着朦胧睡眼
我兴奋地捧着书儿
纸上的字飞得满屋子都是

哦，差点忘了今天是“小满”
该是农耕中最忙碌的季节了
小满，多么贴切的称呼
辛勤耕作，本已是小小的满足
至于收获，既然很奢侈
我想还是留到那时再去体味吧

十几岁在学习教科
二十几在学习社会
三十几在学习立人
四十，五十，六十，七八十
只要人还活着，天天皆是小满
……
月亮至少还在那挂着光亮
蟋蟀和知了甘愿为我安静一会儿
此时这一切
不也很好？

2015. 05. 22

68. 清明

阴阳本是平行线
今儿个春风吹出个洞来
让我们用思念来跨越
于是活的清明，死的也清明

历史应是伽马射线
民俗一代代播下来
让我们带着尊重去借鉴
所以过去清明，未来也清明

感情就是双曲线
在蜂蝶的牵引下
让我们与牵挂的人缠绕在一起
可是合时清明，分了也清明

人生总是抛物线
正如草儿离不开土壤一般
让我们莫忘了立足的根本
因为年少清明，老了也清明

时间却是无穷的直线
无论你是春风，是传统
是蜂蝶，还是这片嫩草
让我们永远珍惜当下的美好
毕竟今日是清明
明年今日，即是清明！

2015. 04. 05

69. 玉兰树下

没等到通知，白玉兰就这样地开了
美的有点浮夸
等到通知时
阵风刚刚从我的身边刮过
遗落满地的碎瓣
这不正是出殡时撒下的层层纸钱么?
一层祭奠着繁花落尽
一层祭奠着即将消逝的盛春
一层祭奠只留在我记忆中的青春绚烂
一层祭奠我们终将被时间长河淹没的人生
凝视手中这张通知单
上面书写着:
一花一世界
哦，我顿悟了许多
玉兰树下，我告诉自己:
从今天起，心怀宇宙，洒脱前行!

2015. 03. 28

70. 春分

记得那年也是春分
小伙子早耕离家
心爱的姑娘在一旁采撷着春菜
幸福的滋味
一半播撒在种子里
一半弥漫在晨雾里

过了几年又是春分
小伙子在外打工离家
心爱的姑娘在路旁采撷着春菜
幸福的滋味
一半徜徉在春梦里
一半守候在思念里

如今又到春分了
小伙子探亲过后离家
心爱的姑娘在天堂采撷着春菜
幸福的滋味
一半激起现实又惆怅的人生理想
一半留在浪漫却静谧的叶露之中
因为这也是幸福
也是眼泪，也是春分！

2015. 03. 21

71. 春节以后是春耕

我致臻于亲情
游子终究还是根族的飘叶
我因循于传统
圭臬中爬不出民族的蚁虫
这一星期
我都躺在铺满黄土的被窝里
卸下一年的疲惫
梦中已然化作一条翻滚的蚯蚓
牙和舌头杂草般相拥而舞
手和腿脚蜜蜂般匆匆乱嗡
啃着秋收的玉米和地瓜
我度过了一个肆虐而温婉的春节

在家乡
我只为重逢当初这人生的起点
而在路上
这只能是又一次暂停栖息的车站
挥别欢悦
春风从我的心田中刮走一层飞壤
在空空如也的栅栏里
南来的燕子撒下一片名为理想的种子
春雷狂吼在初五饭后的夜晚
扰的我迷乱了心扉
厕所里用力地排干了呕杂的繁冗
突然

踌躇的灵魂里终于拱出一颗新芽
于是，沐浴在春雨的洗礼下
我又一次截然不顾地背上了耕犁
捧着这张春梦里抢来的车票
在流星般绚烂的田陇里
继续追寻着最初的梦想
一路狂奔，一路歌唱！

2015. 02. 24

72. 你偷来的冬天

平凡的路，因为他们都在走
你总特立独行
这是因为你的更加平凡
走在尼布楚条约的边界上
一边趴着康熙
一边爬着沙俄
还有一边是鸡冠上涂抹的红
吹大一个鱼嘌
装着斗量的海洋
却怎也不及你寻求未知的心
踏着太平洋的土
你扛起了高山
在喜马拉雅的尖顶
一起跳舞吧
因为我是一棵沉默的草
一片纯洁的雪
和一席被子里，你偷来的冬天！

2014. 11. 08

73. 秋分

要不是你哭了一整天
我不会留意到你的伤悲
也不会关注到你
这个氤氲楚楚的姑娘
他们都喊你叫做“秋分”
你深爱着两个人
一个属于白天
一个活在夜晚
一个如盛夏般浪漫，却很平凡
一个如隆冬般凝重，却也温暖
你曾那样地难以抉择
因为这二人将你的爱恋平分
可就在今天
一个已被天庭带走
一个陪你相守人间
带走的叫“处决”
陪你的叫“丰收”
于是，你哭了一整天

2014. 09. 23

74. 我要去马尔代夫

我要去马尔代夫
因为我爱上了吃鱼
吃多了带着怨恨
下辈子就会转世做鱼
从通惠河一直游到印度洋
到了马尔代夫
应该有马，但没有墙

我要去马尔代夫
因为我见不得海
这些年的人们
似乎心无大海
不是不配
是本来就没海
没有曹孟德的碣石
没有李太白的醉盏
没有舒婷的惠安姑娘
也没有海子种的荇菜
所幸潜个水
多年前家里就不见了脸盆
可马尔代夫没有马
但应该会有脸盆吧

我要去马尔代夫

因为昌平有个十三陵
二锅头丢失了品牌
可马尔代夫却不会消匿
因为我梦见过你
即使我不在了
你的手机里留有我的足迹
马尔代夫没有酒精浸泡的海藻
但到处都是我寻不到的暗礁

我要去马尔代夫
最怕的不是见到外星的海鳐
而是我不敢再去像到别处时肆意的撒尿
你太美
我却开着车
喝着啤酒，打着饱嗝
不能吃草
却咀嚼着二氧化碳气泡里的疯牛
马尔代夫没有西瓜的骨
只有泡在浴缸里的飞蛇和海猪

我要去马尔代夫
因为我吃了不少的鱼
珊瑚看到了大片天空
而天空却只看到自己
安整的海面不过是你的明镜
可马尔代夫并没有海
只有北京的鱼

可马尔代夫并没有马
只有你找不到的水库和我撞不到的墙

我要去马尔代夫
因为，我其实就是一条鱼

2014. 08. 14

75. 临别第三极有感

我未到时，心在何处
我已来时，将心缝补
我将离时，把心留住
我问自己，心为何物？
曾经以为，身之所属

身是蓝天，心是云帆
所以身未动，而心已远
身是经幡，心是崖岩
所以身虽飘摇
而坚心不变
身是冰川，心是山涧
所以身在曝日下消融
而心却在流淌中涨满
身是寒风凛冽
心是峭壁雪莲
所以身已是满目疮痍
而心愈发的清纯傲然

身是天葬台上被秃鹰叼走的碎片
心却毅然伫立在喜马拉雅的山巅
任你风云变幻
我将坚守永恒的信念
涅槃中到达人生崭新的彼岸！

2013.08.16

76. 秋天的梦想

和着露水的味道
我好像
舔到了秋天的梦想
它不是春的蒙昧
更不如夏的张狂
心中的草还应是绿着
可眼前的草
已被叫做秋黄

黑白的天空下
梧桐树骤雨般地哭吼着
闹着
他说也有梦想
不洒落干净，
便对不起这片西风
也对不起
那片他曾经辉煌过的光影

古人都随风去了
由着他们各自不一样地伤怀
历史也有梦想
抹去
那曾经被野蛮打磨出来的绽放
挽留这不再褪色的亘古情长
即使失去了时代的色彩

他依然
潮涌般填补着自己的光亮

蝉还在嘶哑着
月亮似乎窥得一切美丽的动机
姗姗
可她的梦想太过突兀
竟要所有鸟儿
都披上冬腊的衣裳
看那死去的骆驼
他多么富饶
披盖着枫叶的颜色
站得起来，即是躺下
装得饱满，便是倾囊
算了
沙尘吃了他所有的梦想
只留下一棵枯树
伴一个孤我

树根很深，树干很高
我忽左忽右
搀合着树儿的婉转
摇摆着青春的无限放荡
当秋天的梦想扫到了你
谢谢
请带走我挺拔的理想
和整个世纪萦绕梦里的全部感伤！

2012. 09. 23

旧年事，心头陌上花

虽短暂，已是意象中的永恒

——

回忆是昨日埋下的种子，

终会开出永不凋谢的花朵

77. 青春

只有失去的人
才会真正地谈论青春
也许在梦中
我时常地把它呼唤
和被拆迁的老房子们一起
残缺的记忆开不出理想的花朵
散落的那些
都是我和我最热爱的青春
……
摸着大腿上滋出的毛发
我曾经哭过
看着高中同学里的一对一对
我把原始的冲动化作了伟大的祝福
在课外书本和操场的角落里
我庄严地种下了无数个豪言壮语
当然还有偶像，还有被叛逆的家庭
和披着天使外衣的狂躁和烦恼
至于青春，我没和爸爸商量过
关于青春，我也没来得及让妈妈去安慰
……
如今都没了
只是在执念中将它利用
肆意中将它们反复地标榜
由于青春，我和我爱的人走在了一起
然后一起将它埋葬

在我，被我，和我的
那些
青春……

2017. 05. 07

78. 春游

小时候，每次学校组织春游
都要提前兴奋个半月
能得到爸妈挤出的 20 块经费
是一件不丢面子的喜事
可从小拮据的家境
酿造了同样务实的我
背着满书包的小卖部
每次带去多少，几乎又带回多少
于是火腿，话梅，虾条，摩奇
五颜六色的软糖
奇形怪状的饼干
又陪着我的嘴儿兴奋了半月
……
现如今，还没开春就憧憬了各种旅游
拉上家人，爱人或好友
世界各地，山河湖海，天堂到人间
手机扫一扫，琳琅满目
朋友圈秀一秀，无比充足
可一通幻想之后，往往会还是归落空谈
要不挤不出时间，要不舍不得闲钱
天马都被想得累了
还是踏实干些事情吧
……
为自己种一片果园
开出五颜六色的花朵

挂满奇形怪状的梦想
再养上一群健硕的天马
驼着家人，爱人和好友
都来我这里旅游
春华秋实，夏长冬藏
从童年到现如今的一切美好
应有尽有……

2017. 02. 10

79. 写给这一年里曾经的自己

新年倏然来临
旧年转瞬即逝
人们都在以各种方式
憧憬于未来的各种美好
而此刻的我
只想写一首静静的小诗
送给过去这一年里曾经的自己
……
扶在脑海的灯塔上
俯瞰着浪花中我漂泊的轨迹
多少次乘风破浪
多少次迷失了方向
多少次挣脱暗涌
多少次淌着泪水，无语离伤
飞机衔着火车，一次次出港和返航
这一年里，百次跌宕
我始终都在路上
……
我曾努力摆脱世俗的桎梏
却渐渐的肆养了浑身的世俗
我曾试图改变自己的执拗
却执拗地捍卫着依然的梦想
我曾姑且把情感挂在嘴上
却在纷繁中疏远了内心的距离
我曾刻意打磨着性格的完美

却在不完美中和解了最真诚的自己
这一年里，千种滋味
我至少都在成长
……
新年终会来临
旧年必将逝去
无法挽留
我只好把万千言语都镌刻在
写给自己的诗歌里
最后挥一挥手，就不说再见了吧！

2016. 12. 31

80. 池塘

你俩没池塘
我在塘里洗澡
为了躲避嘈杂的世界
一猛子我扎到了童年
……
那时候，我家院里有个池塘
春天喂鱼，夏天彩莲
秋天敷满了落叶
冬天我躲在了屋里
长大后没有四季，青蛙也都不见了
我穿上短裤，徜徉着歌头
每周回到家里
习惯般用手揉捏着月亮
……
高中很难考
水里映不出风花雪月
大学太迷惘
水中却海纳了风华秋实
毕业以后
池塘染上了五颜六色
但我早已无暇顾及
……
直到如今
院子和老家一起没了
我还在惦记着我的池塘

多少次幻想里面爬出个美人鱼
在那些我和我的晚上
池塘并不大，水也不太深
因为我看不到未来的彼岸
并且我也摸不透现实的嶙峋
若是赶上莲花盛开的时光
请记得在这里
有一个我，在守着我的池塘……

2016. 10. 13

81. 你们是我生命里最美的诗歌

北新桥的卤煮含着幸福的眼泪
夫子庙的鸭血搂着风韵的粉丝
吉庆街的热干面开满蓬勃的樱花
南屏街的豆花米线把春天再三挽留
回民街的馍馍里，泡绵了憨厚的古城
……
新天地的汤包劝我放慢焦躁的脚步
曾厝安的肉粽彰显出团结的力道
武侯祠的抄手说做圣人未必成龙
状元坊的腊味浸透着勤奋的米香
坡子街的臭豆腐，伟大在平凡中飘扬
……
童年在脑海中不停地向我招手
螺蛳粉，胡辣汤，煎饼裹葱，牛肉面
曾奔波的脚步夯实了理想的征途
狗不理，手抓肉，熏肉大饼，大盘鸡
未来的未知只能依赖以我的强大
涮牛肚，小龙虾，老灶火锅，丝娃娃
……
口水终于泛滥了
我骑在舌头上
自由地摇曳
背负着爱与哀愁，成长和担当
至于每一次庄严地咀嚼和吞咽
你们都是我生命里最美的诗歌……

2016. 05. 13

82. 那些关于学时的梦

我常常做些关于学时的梦
尤其是中学时代
课堂、楼道、食堂和操场
我在那里嬉笑、努力、萌动和欢唱
时不常的
小学、中学、甚至大学的同学
都出现在同一个场景里
弄的导演兼男一号的我
也分不清，更道不明了
……
在那些关于学时的梦里
我还经常一身西服革履地装扮
凭借发育成熟的高大
张扬地穿梭每一个教室
自信地和曾暗恋过的女孩交流心声
也总拿着现如今的些许成就肆意标榜
巴不得听到老师们欣慰地赞叹与表扬
放学回家的路上
挤在人潮汹涌的公交里
才发现自己怎么没开车来？
哦，原来这是梦啊！
……
记忆是个可怜的孩子
只有梦境才会对她照顾
走过的日子

再也回不去了
也只能在梦里
反复地播个不停
穿越、间离和蒙太奇
各种电影手法任意表现
年龄越大，叙事的空间也就越长
只是
每次淡入淡出之余
那个看故事的人
总挂着一串擦不干的眼泪

2016. 01. 24

83. 我的每一刻记忆都洒满了黄金

生来有我，死去我无
所谓一辈子
走过一座几十年的桥而已
身后的桥段越走越多
面前的却是越寻越短
到了岸边，芳华尽散
……
还好人有记忆
可以在脑海里反复播映
因为记忆，所以渴望团聚
因为记忆，所以不弃不离
和家人，和朋友，和爱人，和自己
在童年，在故乡，在旅途，在战场
欢乐的或艰难的日子
都是甜的，暖的，酸的和绵的
……
我贪图黄金
它无法招之即来
也无法带过河去
相比我还是更喜欢记忆
我喜欢带着最原始的情怀
随时随地品鉴着过往的美好
在人生的桥面上
我的每一刻记忆都洒满了黄金

2015. 12. 20

84. 老妈炖了一整锅蹄花

前天老妈突然来了电话
问我这周哪天能回家
她炖了一整锅蹄花
等我回来吃罢
……
我老家就在北京西山脚下
去年村子被拆没了
老妈听我说最近爱上了猪蹄
所以在临时租来的房里炖了整锅蹄花
……
其实我也是最近听说
猪蹄最补皮肤里不再生的胶原蛋白
我一口气啃了三个
老妈一直坐在对面静静地看我
……
无意间我抬起头来
捕捉到桌子对面老妈的脸颊
也许是平日我太忙于奔波
她何时印上这么多蛋白流失的纹发
……
尽管过了三十
但我的世界中一直把自己当成孩子
可岁月的冲刷里
老妈却变成了这孩子眼中的奶奶
……

我鼻子有点酸了
强忍着眼角的泪花
裹杂着嘴里迸发的千百种味道
一通将他们咽下……

2015. 11. 3

85. 俺们村，有仙姑

刘白是哑巴
俺们村有仙姑
刘白很少露面
但刘白娶了外乡的女子
于是，俺们村有了仙姑

五岁那年
仙姑很吓人
每天我放学回来
都看她拿着柳条鞭子
一边抽墙，一边谩骂

十五岁左右，
仙姑的二儿子被流产了
我每周坐车回家
都看她荡着简易秋千
把对妇女主任的憎恨编纂成歌曲
不停地嘟囔
前一遍，后一遍

二军家的爷爷多看她两眼
她花枝招展
德生家的楼盖的太高
她死活不让推土机开过裤裆
人家梦嫂出嫁女儿一直在哭

她却躲在墙角，嗑着酸枣偷偷作笑
侯三家的公狗总糟蹋她家门前的树干
她破口大骂，萦绕我整个童年
……
去年，俺们村拆没了
我再没回去过
只是听说刘白的媳妇一直没有离开
依然抽打，依然歌唱
嘴里却不再唠叨了
可能是再没有人关注她了吧
想想也好
至少在记忆的伤怀里
或者在怯懦的梦魇中
我总能骄傲地对自己说，
俺们村，有仙姑！

2015. 09. 24

86. 白露

昨天在生活大超市里偶遇了她
我多年未见的高中同学
她叫张白露
同学们都直接喊她白露

那时的我个子不高
但每天都在抓紧发育和成长
在那些阳光灿烂的日子里
我一直在暗恋着她
尤其是课间操后的尾随
更加突出彰显我的心向神往
每天，每时，每刻
她总是在语文课文和化学公式里浮现
帮我在青春的冲动里破解了不少难题

也许是腼腆的原因
我们加起来说过不超过十几句话
高考过后，散伙饭上
我借着酒劲吐露了芬芳
她没有回复，没有打开，没有复制
也没有转发
打那以后，十五年来，再无音信

昨天我是刚吃完黄焖鸡米饭
一边抹嘴，一边在品鉴

她正领着俩孩子逛街买菜
岁月的冲刷里
人家依然保持着最后的光亮
我又腼腆地寒暄了一会
却没敢留下微信和电话
分别的时候，我满头大汗
她好像哭了，擦身而过，留一阵凉风
……
靠，被子太厚，果然大汗
是白露的凉风把我吹醒
原来又是一场未做完的春梦
迷糊中我把窗户合严
回到床上
还没等想好下一个梦的主题
又呼呼地睡着了，这事儿闹的……

2015. 09. 08

87. 我们还要过六一

小时候
我总有道不完的远大理想
而如今
不得不在心底沉淀着波澜
大海曾吞噬了年幼的火山
只留下
一层石灰岩凝固的青斑

童年是飞满蒲公英的早晨
我用狗尾草编织了自己的童话国度
几层经年的此去
国里的人们越来越趋近灰白
可我仍然坚信
内心中依然洋洒着斑驳的色彩

因为
那时的蒲公英飞过了云端
我借着它的眼睛
看到了注定会更加美好的未来
只要人生还有未知
我会永远在这条路上
寻着狗尾草的影子
在童话国度里用心画满七色的云朵
一片，一片

2015. 05. 31

88. 致我们早已忘却的童真

也许从未见过
也许那不是我
蒲公英飞向云天，它属于未来
狗尾草洒落满地，它叫做过去
当一把青春的火焰烧过
童真或已荡然无存

记忆是最真实的电影
一遍遍在梦幕上反复播映
剧中的人都找不见了
特别是那个叫做童年的我

幼儿园与村委会只有一个打谷场的距离
在那里我们时常奔跑，时常欢聚
大班的女生都成熟的像妈妈一样
似乎讨论着宇宙外面的秘密
大家都爱喊我的乳名
可如今
我却忘了他们呼喊的到底是谁

那个第一次被寄放在托儿所
和家人离别时撕心裂肺的是谁？
那个蹲在游乐场不愿离开
恳求只坐一次蜗牛爬树的是谁？
那个发烧卧床却内心窃喜

专注桌上那半瓶蜜桃罐头的又是谁?
不是，不是我吧?

从上小学第一天路上
用下半身的小水龙头
滋得女同学满街躲闪的那一刻后
我，已无童年
弄得到现在还总不停地追问导演
那，那是我么?

2015. 05. 27

89. 我爱我的五二零

十年前的五月二十
我婆娑在路边的铺子里
囫囵下满满的早点
只为了省掉再吃午饭的钱
那时的我，心朝梦想
头顶着蓬勃的太阳
步履轻盈，步履蹒跚

今天又是五月二十
我开车奔驰在广渠路上
没顾着上吃早点
又是为了追赶时间
这时的我，心朝梦想
头顶着闪光的太阳
路途艰辛，路途昂扬
…
五二零
不就是二五一十么？
十年荏苒以后
我们不必只想着去爱别人
而应静等着被更多人所爱
我们并没必要总感叹孤独
而是该更多地去痛爱自己
那，你看呢

2015. 05. 20

90. 我和儿时照片的穿越故事

哥哥微信传来幼时黑白的照片
灰色的底片掩不住粉红的笑脸
不费力就认出了所有温暖亲人
当然还有眯着眼傲视未来的我
我努力地回想着当初
但人的大脑不是万能
在那个温暖的春天里
我和照片里的自己成了要好朋友
我向他诉说着过去
他对我憧憬着未来
不管他会不会接受我现在的样子
但若有来生我还会选择他的样子
让我们一起前进吧
朝着你眼中最复杂的懵懂
朝着我眼中最原始的纯真!

2015. 04. 14

91. 艺术和坐月子都是一件氤氲的往事

每次刷牙，洗脸，望着镜里的自己
我总是对冒出来的那根长须说
你该出发，去工作了
所以，关上家门，我出发了

这次回到家
终有些怀孕的懵懂
虽感受不到受精的那一刻
但知道那个莽撞我的男人
他有根滋出的长须

抱在怀里的孩子
你怎有些宠物的味道
难道是太小了？
我真挚地亲亲你的脸颊
可隐约的长须刺出了你纯真的呐喊

这时我似乎清醒了许多
月光下，我原来在抱着自己的影子
就像抱着那个莽撞的男人一般
偏偏一丝黑影映在这片枣核的脸上
还以为咋的了
原来是我的那根长须
一不小心
爱上了月光下氤氲的月子

憨鼾坐在满子宫燃烧的稻草上
一起赏味这美好往事留下的
长须灰烬里刨来的
这点美好时光

2015. 02. 13

92. 我的心中下过一场匆匆的小雪

那是若干年前
我的心中下过一场匆匆的小雪
院子里的树叶还未散尽
留下来深情地吻着扑来的雪花
爸爸一大早去公社上班
妈妈照顾着感冒低烧的我
可是
要不是你下的太匆匆
我一定会抱着菠萝罐头休上一整天的
要不是你下的匆匆
今天的课间操又可以取消，让我多写会儿作业了
要不是你下的匆匆
圣诞舞会的女同学们
也不会那么快就散了吧
于是
我的心中走过了小学，中学和大学

那是若干年以后
我的心中下过一场匆匆的小雪
车灯照过的地方
雪花飞舞着，像极了姑娘脸颊的绯红
我带着一家人去南方旅行
还带了一根笔、一把吉他、
一台相机和一张吊床
可是

要不是你下的匆匆
我兴许借着堵车多拍上几张沿途的风景
要不是你下的匆匆
雪地里带着孙子多玩一会儿
说不好会换取我一整天的清静
要不是你下的匆匆
病榻上的我，一定会战胜年历，活完整个冬天
于是
我的心中走完了中年，老年和暮年

可是，小雪啊
我越想去拥抱你
你却越是匆匆地拿时间和我开着玩笑
难道是我心中的热火总想把你融化?
于是
今天北京没有下雪
但是明天起来后
又是一个可能下雪的明天

2014. 11. 22

一斛酒，足以慰风尘

——

仗剑携酒，

浅酌低吟，

并非在梦中

93. 浪淘沙·上元

借酒唱余欢，别却新年。
征途又启挂寒帆。
挥手辞家千万里，何惧艰难。

灯火耀酣颜，月灌青天。
满城烟火奏团圆。
笑对龙潭坎坷路，纵马平川！

2017.02.11

94. 清平乐·立冬

一声曲罢，琴静勾栏榻。颠簸天涯风荡发，惹得寒鸦泪下。

芳心吐处谁伤，蔷薇梦许同床。劳请梅花伴娘，来春衣锦还乡。

2015. 11. 8

95. 芒种

吾本南山一草生，甲木命灶燃芒种。
心田赶收春麦喜，身林撷满樱桃红。
跌宕耕作四八载，祈跃苍空驾鹄鸿。
漂泊京畿谁是客？纵酒唱尽主人翁。

2015. 06. 06

96. 色秋两篇

上篇：

西岭遮残阳，秋女剥霓裳，
半袒香肩怯，楚楚风中藏。
摘得一红簪，与我吐心芳，
共许雪尽日，携赏好春光。

下篇：

去年秋色裸山红，羞女相邀春梦中。
别时红簪匿心处，夙夜难忍相思疼。
飘蓬半载风吹雪，壮志未酬岁又更。
元夕未至灯已打，燃路闻鸡踏征程。
匆匆辗转寅牟月，颠簸须臾草葱葱。
妖妖桃花灼似火，寐里唤伊嘶声声。
归奔千里赴西岭，烂漫蜂蝶满花丛。
恍惚寻忆相逢路，荡荡霓裳袅无踪。
红簪褪尽绿枝蔓，形影踌躇两清清。
休叹人生多离苦，天涯陌路总是空！

2014. 11. 09　2015. 05. 02

97. 浪淘沙·贺新年

梦里雪绵绵，桃洒西山。
忍揭旧历不复还。
拔举青春追日月，刀剑屠年。
慷慨几时歇，此去无端。
人生醉看醒时难。
抖擞巾衫皆作笑，喜贺新天！

2014. 12. 31

98. 青玉案·冬至

西山唤日今犹早，北风歇，炊烟袅。故燕孤窥思醉饺。家国南北，白鸦黑雀，王谢堂前闹。

燕京霾半枯枝老，冰下鱼肥梅仍俏。三里屯前灯满照。只知人在，且踱冬去，他日春光耀！

2014.12.22

99. 游子仲秋思

楚天舒云臂，空色袅清幽。
昔日深霾锁，今擢天外楼。
游子何碌碌，浪荡裹仲秋。
莫叹离思苦，此路夫竭求。
漂女何凄凄，广寒白露囚。
缘起团圆舞，灭时蓬垢羞。
忧人不思量，对影沽美酒。
庸人自相忘，月已冒枝头。
嗟忆父母远，尺素无言就。
投壶少年友，膝下子皆收。
天涯多歧路，昂首月相同。
志耕足履下，梦醒笑丰收！

2014. 09. 08

100. 鹧鸪天·立秋

浪荡梧桐飘半生，金兽袅伴寒蝉鸣。
末伏吐尽天空暖，烹染三山绿蕴红。
风飒飒，捕顽虫。梨桃瓜果饱出征。
寻得浮世繁华隙，纵览人间一笑中。

2014.08.07

101. 浪淘沙 · 夏至

将雨恐无风，嘶哑蝉鸣。蔷薇妖艳惹鲲鹏。日月轮巡嬉胜负，人却匆匆。

总把是非争，少了惺松。怎及蒲扇懒青藤。纵是心承天下事，留去空空。

2014. 06. 21

102. 踏沙行·清明

草长莺飞，蜂蝶引路，桃花丛里芳芬吐。
此情恰适祭先人，方知应是苍天顾。

游子天涯，心牵故土，阴阳原本无殊途。
此生多善自清明，祸福皆有神来渡。

2014. 04. 05

103. 艺涯笑伴享乾坤

当初相逢语温存，纵马天阔心齐奔。
辗转人生搏霄汉，峥嵘浮世吐芳芬。
拔举青春追日月，砍伐荆路哺甘霖。
理想他年终高顾，艺涯笑伴享乾坤！

2014. 01. 12

104. 醉中天·艺流年

昔日凤凰舞，凤瑟剃梧桐。
枉作丰收酣柿甜，归去皆成空。
唱罢勾栏瓦舍，红衣青冢，
至少落个造美景的功名。

2013. 11. 25

105. 长乐歌

羁鸟虽宠，郁郁长鸣。
池鱼虽肥，梭梭不停。
风花雪月，飘缈空洞，
尧舜禹汤，黄土丈中。
把味青春，莫老秋横，
何叹兴去，持重圆通。
疏言细语，翩翩儒影，
不辩不争，悠悠道风。

花残枯草，任风去留，
忍把浮名，掩作秋收。
闲恬阔曲，当歌酌酒，
冷暖自知，天地何愁。
饱品圣贤，洋洒共谋，
咂咀古今，出入自由。
清茶一壶，真如妙有，
振奋半晌，潜转罸休。

琴棋书画，孤芳自赏。
诗词歌赋，淋漓酣畅。
酸甜苦辣，百味滋养。
瓜果梨桃，饱腹清肠，
亲朋好友，谦和忍让，
亭台楼阁，只须柳床。
渔樵耕读，胸怀激荡，

山川江河，踏遍四方。

利禄多缚，应使心齐，
功德不满，当求近取。
鸿雁高飞，依行而寄，
孤鹄落伍，平湖随栖。
谗口迁肝，益用水洗，
恶语钻心，姑且磨熄。
心无挂碍，顺流清许，
了却虚妄，仙莫能及。

薄厚皆稳，白黑自如，
轻重急缓，难敌糊涂。
悲欢喜忧，蹈之如舞，
爱恨离别，当适其途。
心似明月，皎然增补，
往事如烟，点亮星初。
宇宙苍穹，幻化无数，
唯胜自我，百炼融炉。

2013. 10. 07

106. 中秋月藏头

中天云开两行雨，
秋色氤氲转涟漪。
月下吴刚捧花酒，
满天嫦娥秀新衣。
家中已是团圆舞，
国人仍有唱别离。
太多感伤挥泪去，
平安是福笑嘻栖。

2013. 09. 19

107. 处暑劲松桥行车有感

处暑难敌当年猛，
叶落最早下梧桐。
饱腹应时饮双井，
乏累索性卧劲松。
自此方随秋风溢，
桃花褪去梅花红。
商贾假有千金粟，
不及翻身纳凉翁！

2013. 08. 23

108. 秋歌浦·登日月山怀古

敕勒望远，山波未平，恍若牛羊天上缀，
定睛日月齐升。极目处，吐蕃万里携文成。

泪眼偏向长安去，心似光明。
自古人情比命暖，水倒淌，复上天宫。

2013. 08. 11